WRITTEN BY

Julia Donaldson

ILLUSTRATED BY

David Roberts

The Troll
and the Kist o Gowd

TRANSLATIT INTAE SCOTS BY

James Robertson

Itchy Coo

First published 2016 by Itchy Coo
Itchy Coo is an imprint and trade mark of James Francis Robertson and
Matthew Fitt and used under licence by Black & White Publishing

Black & White Publishing Ltd
29 Ocean Drive, Edinburgh EH6 6JL

1 3 5 7 9 10 8 6 4 2   16 17 18 19
ISBN: 978 1 78530 067 7

The Troll first published by Macmillan Children's Books in 2009
Text copyright © Julia Donaldson 2009
Illustrations copyright © David Roberts 2009
Translation copyright © James Robertson 2016

LOTTERY FUNDED

There wis yince a troll that steyed ablow a brig. (That's jist whaur trolls are meant tae stey.)

Meanwhile, awa oot tae sea,
there wis some pirates
that steyed in a ship.
(And that's jist whaur
pirates are meant tae stey.)

Trolls, they say, are meant tae eat goats,
but nae goats cam teeter-totterin
ower this troll's wee brig.
Sae he ate fush insteid.

But yin mornin he heard a wee sma
soond on his brig. Up he lowpit,
and he spak oot the wey trolls are
meant tae speak oot, like this:

"WHA'S THAT TEETER-TOTTERIN OWER MA BRIG?"

"I'm no teeter-totterin, I'm skelterin," said a tottie wee black craitur. "And I'm an ettercap."

"Feech, and I thocht ye wis a goat," said the troll.

"Naw, naw, goats hae fur," said the ettercap.

"Ach, I'm no fashed, I'll eat ye onywey," said the troll. "Ye'll mak a braw change frae fush."

"Och, please dinna eat us!"
said the ettercap. "How dae ye
no gang further doon the river tae
the nixt brig? It's mair the kind o
brig for goats, that yin."

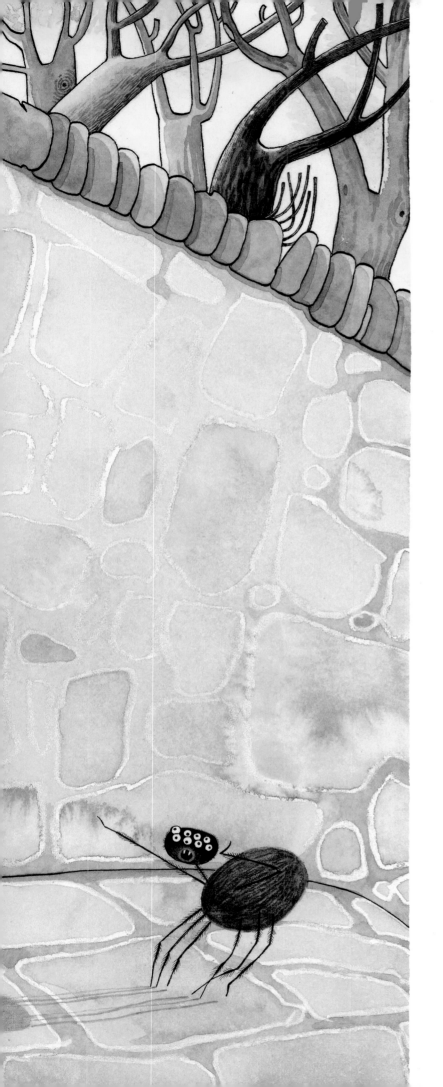

"Weel, aw richt," said the troll.
Sae he packit up his fryin pan and his
cookery book, and awa he traiked.

Pirates are meant tae howk aboot for treisure, and these pirates had a treisure map wi a rhyme on it.

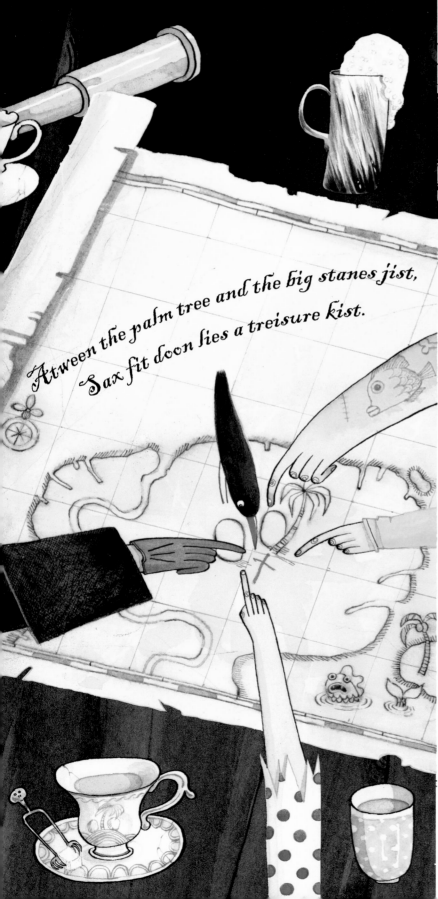

Atween the palm tree and the big stanes jist,
Sax fit doon lies a treisure kist.

They sailed and they sailed till they cam tae an island.

"This is the bit," said Captain Cloot. "Howk awa!"

The pirates howkit and howkit awa, but aw they fund wis a crabbit mowdiewort.

"It must be the wrang island," they said.

Aw that howkin had left them stervin.

It wis Ben Breeksbuckle's turn at the cookin. He cookit fush pie.

"It's sotterie," said Bobbie Blinner.

"It's slaisterie," said Sophie Spreckle.

"When we find the gowd we can buy a cookery book that's ony guid," said Captain Cloot.

And awa they sailed again.

The troll wis sittin ablow his new, middlin-sized brig, readin his cookery book. Aw o a sudden he heard a wee sma soond ower his heid. Up he lowpit.

"WHA'S THAT TEETER-TOTTERIN OWER MA BRIG?" he raired.

"I'm no teeter-totterin,
I'm fitterin,"
said a furry craitur.
"And I'm a moose."

"Feech, and I thocht ye wis a goat," said the troll.

"Naw, naw, goats hae langer lugs," said the moose.

"Ach, I'm no fashed, I'll eat ye onywey," said the troll. "I'm seik scunnered wi fush."

"Och, please dinna eat us!" said the moose. "How dae ye no gang doon tae the nixt brig? It's fair hotchin wi goats, that yin."

"Weel, aw richt," said the troll, and he packit up his gear again and awa he traiked.

Meanwhile, the pirates had fund theirsels anither island.

They howkit and howkit awa, but aw they brocht up wis a roosty auld bucket wi a partan in it.

"This is the wrang island tae," they said.

That nicht it wis Bobbie Blinner's turn at the cookin. He cookit fush soup.

"It's fou o banes," said Ben Breeksbuckle.

"It's fou o saut," said Sophie Spreckle.

"If we could jist find the gowd, we could pey
a real cook," said Captain Cloot.

The troll wis fryin fush ablow his new,
muckle brig when he heard a
wee sma soond
ower his heid.
Up he lowpit.

"WHA'S THAT TEETER-TOTTERIN OWER MA BRIG?" he gollered.

"I'm no teeter-totterin, I'm booncin," said a craitur wi lang lugs.

"And I'm a rabbit."

"Feech, and I thocht ye wis a goat," said the troll.

"Naw, naw, goats hae clootie feet," said the rabbit.

"Ach, I'm no fashed, I'll eat ye onywey," said the troll. "Onythin beats fush."

"Och, please dinna eat us!" said the rabbit. "How dae ye no dauner doon tae the nixt brig? There's haill herds o goats teeter-totterin ower that yin."

"Are ye shair?" spiered the troll. Yince mair he packit up his gear, and awa he traiked.

Meanwhile the pirates were howkin a hole on a new island.
They howkit and howkit awa, but aw they fund wis an auld
welly-bitt fou o jenny-hunner-fits.

"We're never gonnae find the richt island," they said.

That nicht it wis Sophie Spreckle's turn
at the cookin. She cookit fushcakes.

"They're claggy," said Ben Breeksbuckle.

"They're fou o saun,"
said Bobbie Blinner.

Captain Cloot couldna speak.
He wis ower thrang boakin ower
the side o the ship.

The troll's river grew mair and mair wide,
till it wisna a river ony mair and it skailt intae the sea.
The troll fund himsel on a saundy beach.

"There's no anither brig," he said.
"Yon rabbit swickit me."
But then he spottit some clootie merks in the saun.

"A goat, and no afore time!" he cried oot.
He scansed aboot, but he couldna see ony goats.
"Ach weel, I doot it'll be back the morn," he said.
The troll follaed the clootie merks . . .

They led him tae a spot atween a heich palm tree and twa big stanes.

"I ken whit I'll dae!" he thocht. "I'll howk oot a pit. Then the morn's morn the goat will faw intae it and I'll can eat it."

The troll howkit and howkit awa wi his fryin pan. He wis jist thinkin that the hole wis deep eneuch when the pan stottit aff somethin hard. It wis a heefin big kist.

"Ya beezer," said the troll. "I'll can hide in here and get a heat. Then when the goat faws intae the hole I'll open the lid and lowp oot."

He heezed up the lid. The kist wis fou o roond gowd things.

"These are nae use tae me," he said, and he wheeched them aw intae the sea. Then he sclimmed intae the kist and cooried doon.

"The morn's morn I'll can hae goat for ma breakfast insteid o fush!" he thocht as he wis gaun aff tae sleep.

It wis mirk nicht when the pirates cam tae the nixt island.

"This is the bit," said Captain Cloot.

"Somebody's been howkin here afore us!" said Ben Breeksbuckle.

"Dinna tell us they're awa wi the treisure!" said Bobbie Blinner.

"Naw, look! Here it's!" skraiked Sophie Spreckle.
Whit a wecht the kist wis!
"It must be fou o gowd!" said Captain Cloot. "Quick!
Back tae the ship afore onybody stoaps us."

The troll wis waukened wi a michty dunch.

"Yon's ma breakfast fawin intae the hole!" he thocht.

But how wis the kist sweyin and stoiterin? And how wis the lid openin? Goats couldna open lids, shairly?

The lid opened wide. Glowerin doon at him wis fower bealin pirates.

"Whaur's the gowd?" shoutit
Captain Cloot.

"I – I – wheeched it intae the sea,"
said the troll.

"The plank! The plank!"
Ben Breeksbuckle an Bobbie Blinner
yelloched. "Mak him walk the plank!"

The nixt meenit, the pirates were
jundyin him on tae the plank.

"WHA'S THAT TEETER-TOTTERI

"WER MA PLANK?" Captain Cloot geckit at him.

"I'm no teeter-totterin, I'm shauchlin,"
said the troll, in an awfie wee voice.
"And I'm a troll."

He wis richt at the end o the plank.
His knees wis chappin.

"LOWP!"

the pirates gollered.

But jist at that, Sophie Spreckle cam rinnin.

"Hing on!" she skraiked. "I fund somethin else in the kist." In the ae haun she wis haudin the troll's fryin pan. In the tither haun she wis haudin his cookery book.

"Stoap!"

cawed Captain Cloot.

He keekit at the troll in a new wey. "Can ye cook?" he spiered. "I can that," said the troll, and "GAUN YERSEL!" shoutit the pirates.

"Ye can stey then,"
said Captain Cloot.

"Thank ye!" said the troll, and he
shauchled back alang the plank.
"When will I stert?"

"The noo," said Captain Cloot.

The pirates shawed the troll the ship's
kitchen. The troll gied a grin.
He turned tae his favourite page in his
cookery book.

"Will I mak us a braw goat stew?" he
spiered.

"Goat? GOAT? But pirates dinna eat
goat!" said Captain Cloot.
"We want whit pirates is meant tae eat."

"And whit's that?" spiered the troll.

"Fush,"

said the pirate chief.